WITHDRAWN

# ¡Al agua patos!

## Fiona Watt

## Ilustraciones: Rachel Wells

Directora de diseño: Mary Cartwright    Directora de la colección: Jenny Tyler
Traducción: Helena Aixendri Boneu    Redacción en español: Pilar Dunster

Copyright © 1999 Usborne Publishing Ltd, Usborne House, 83-85 Saffron Hill, Londres EC1N 8RT, Gran Bretaña.
Copyright © 2000 Usborne Publishing Ltd en español para todo el mundo. ISBN: 0 7460 3866 6 (cartoné) ISBN: 0 7460 3867 4 (rústica)

¡Qué sucio estoy!
Me tengo que bañar.

¡Fuera la ropa!

Sé quitarme
los calcetines yo solo.

Lo paso muy bien con mis juguetes.
¡Cuidado, Fido!

No me canso de chapotear.

# Me lavan la cabeza.

# Y todo el pelo se pone de punta.

Es hora de salir de la bañera.

Me secan con una toalla muy suave.

Ahora, los dientes

¡No hagas eso, Fido!

Es hora de dormir.
¡Buenas noches!